LA MER

OU

LES POÉSIES D'UN MARIN

PAR

E. GUY-WUARNIER.

PRIX UN FRANC

MARSEILLE.

CHEZ TOUS LES LIBRAIRES.

1856.

LA MER

OU

LES POÉSIES D'UN MARIN

PAR

E. GUY-WUARNIER.

MARSEILLE.

CHEZ TOUS LES LIBRAIRES.

1856.

LA MER.

MA MUSE EN MER.

Lorsque tout dort,
Gagnons le port.
Muse légère,
Embarquons-nous.
Les vents sont doux :
Quittons la terre.

Pégase hennit,
Le temps s'enfuit,

Bridons la selle,
Passons le mors.
Loin de ces bords
Vogue, nacelle.

Mon beau coursier,
Vois-tu briller
La petite Ourse?
A sa clarté,
De ce côté
Conduis ta course.

Nous y voilà.
Arrêtons là.
Ma muse, embarque;
Zéphyrs, soufflez
Et dirigez
Ma frêle barque.

Nous démarrons,
Et nous voguons
Sur l'onde pure,
Qui doucement,

En ce moment,
Roule et murmure.

Au firmament
Etincelant
L'étoile brille,
Et du Berger
Le feu léger
Au loin scintille.

Aux cieux tu luis,
Flambeau des nuits,
Lune argentée,
Et dans la mer
Au flot amer
Es refletée.

Ma muse alors,
Dans les transports
D'un doux délire,
L'air inspiré,
L'œil égaré,
Saisit sa lyre.

A ses accents
Mêlant ses chants,
D'une voix pure,
Elle peignait
Le vif attrait
De la nature.

Bientôt le jour
Vint à son tour;
La belle Aurore
Quitta son lit,
Et la surprit
Chantant encore.

Novembre 1847.
Dans la Mer des Indes.

L'OCÉAN.

Lorsque le bâtiment vogue majestueux,
Sur le vaste Océan j'aime à fixer les yeux.
Mon cœur s'échauffe alors et mes doigts sur la lyre
Modulent frémissants les accents qu'il m'inspire.

Puis mes regards émus, tantôt portés aux cieux,
Et tantôt sur ce gouffre aux formes grandioses,
Cherchent dans l'infini l'auteur de toutes choses,
Dieu, qui par un seul mot fécond, mystérieux,
Mit entre l'Amérique et le vieil hémisphère
Cette mer sans limite, immuable barrière
Qu'osa franchir Colomb, si long-temps méconnu,
Qui le premier prit terre en un monde inconnu.

Cette mer inconstante et toujours agitée,
Jusqu'en ses profondeurs par l'homme visitée,
Qui vient sur notre sol se briser en fureur,
Par ses mugissements sème au loin la terreur,
Et porte trop souvent sur nos pâles rivages,
Fière, de son courroux d'horribles témoignages;
Gouffre tombeau fatal pour tant de malheureux.
Théâtre de combats acharnés, désastreux,
De sublimes exploits burinés par l'histoire,
De meurtre et de carnage, et d'immortelle gloire,
Où des navigateurs habiles, valeureux,
Ont à leurs descendants acquis un nom fameux,
Couvrant en même temps une heureuse patrie
D'un éclat digne fruit de leur brillant génie.

Cette mer l'instrument de tant d'ambitions,
Traversée en tous sens par tant de nations,
Où passent tour-à-tour l'humble *missionnaire*
Au dévoûment pieux, rempli d'un zèle austère,
Allant porter au sein de sauvages tribus
La morale divine et les belles vertus
Dont le Seigneur donna de si parfaits exemples,
En églises changer tous leurs profanes temples,
Les convertir au dieu qui mourut sur la croix,
Ou périr condamné par leurs sanglantes lois;
Le hardi *capitaine* et son profond navire,
Qu'un avide armateur à grands frais fit construire,
Gémissant sous le poids dont il est surchargé;
L'infortuné *banni*, morne, découragé,
Dont les yeux sont toujours tournés vers la patrie,
Et le vil *déporté* qui dans l'Océanie,
Expiant les desseins que le vice a conçus,
Va terminer des jours par le crime tissus.

C'est au milieu des mers, à l'île Sainte-Hélène
Qu'a péri lentement, victime de la haine,
Un héros, fils de France, hardi triomphateur,
De l'Europe dix ans le maître et le vainqueur,

Et qui, doué par Dieu d'un immense génie,
Couronna de lauriers le front de sa patrie.
Océan, instrument des volontés du sort,
Tu le portas vivant et le reportas mort.

Dirai-je aussi le nom d'immortelle mémoire,
Inscrit dans notre siècle au temple de la gloire,
D'un amiral français, fameux navigateur,
Qui, bravant les périls, le froid et ta fureur,
Osa porter ses pas vers les pôles du monde
Et la dernière côte où va briser ton onde?

A l'aspect de la mer le cœur se sent plus fort:
Subissant le pouvoir d'un insensible effort,
Au sein de l'infini l'âme vole éperdue,
De la sphère éthérée embrasse l'étendue,
Monte sur l'aîle d'or de la religion
Jusqu'au sommet des cieux, divine région,
Et, durant un instant inneffable, pieux,
Écoute la Nature aux bruits harmonieux.

Avril 1845.
Dans l'Océan atlantique.

LA MER.

I.

La mer est une sirène
Inhumaine,
Au cœur inconstant et léger.
O vous, timide passager,
Craignez son amorce trompeuse.

II.

Découvrons son masque charmant :
Son teint devient livide, et sa bouche hideuse,
Avec un son strident,
Vomit une écume blanchâtre
Où s'entremêle un sang noirâtre;
Ses yeux se fixent effrayants,
Et sur sa tête des serpents,

Envahissant sa brune chevelure,
Vont semer la terreur dans toute la nature
Par leurs sifflements aigus.
La foudre gronde, éclate, et, dans l'air répandus,
Tous les vents déchaînés luttent de violence;
Le jour s'enfuit,
Et, devançant la nuit,
Les ténèbres au loin, comme d'un voile immense,
Enveloppent les eaux.
Déplorant, mais trop tard, sa triste imprévoyance,
Éperdu, l'imprudent invoque sa clémence
Et s'abîme au milieu des flots.

III.

Mais le vieux nautonnier se rit de ses caresses
Aussi bien que de sa fureur.
Il sait prévoir ses humeurs vengeresses,
Affronte sans terreur
Les périls dont elle l'entoure;
A longs traits il savoure
Le doux plaisir de chanter ses revers,
Toujours prudent et calme au milieu des tempêtes.

2

Concentrant à regret tous ses dépits amers,
Après ses honteuses défaites,
L'œil au guet, et la rage au cœur
De voir sa colère inutile,
Elle épie, en versant des larmes de douleur,
L'heureuse occasion d'un triomphe facile.

Février 1846.

LES FLOTS

OU

L'IMAGE DE LA VIE.

I.

Le vent, souffle mystérieux,
Étrange enfant de la nature,
Enfle la voile impétueux
Et fait plier notre mâture.

Entendez-vous gronder les flots
A l'entour du frêle navire?

L'Océan soulève ses eaux :
Compagnon, redoutez son ire.

Mais dans votre témérité
Vous vous jouez de sa furie.
Tremblez, ami, d'être jeté
Mourant au sol de la patrie.

Il est terrible en sa fureur,
Implacable dans sa vengeance ;
Souvent il sème la terreur
Sur les rivages de la France.

Le flot brise contre le bord ;
Sur lui-même roulant sans cesse,
Impuissant, il menace encor
L'homme qui sous son joug le presse.

Voyez-vous l'écume jaillir
Sur tout l'horizon circulaire,
Et la mer houleuse blanchir,
Tomber, se relever altière?

II.

Réfléchissant l'azur des cieux,
Hier ses ondes transparentes
Attiraient et charmaient les yeux
Par mille grâces attrayantes.

Hier, autour du bâtiment,
Ondulant et paisible et pure,
La mer murmurait doucement ;
Elle embellissait la nature.

III.

O capricieux élément,
Inconstant, bizarre et volage,
Hier tu calmis un moment,
Ce jour tu déchaînes ta rage.

Tel est notre sort ici-bas,
Et, par le Destin asservie,
Dans le repos ou le fracas
Telle s'écoule notre vie.

Novembre 1847
Dans la Mer des Indes

LES FUREURS DE LA MER.

N'est-il pas beau, marins, du pont d'un bâtiment,
De contempler le flot qui déferle en grondant,
Et fait au loin jaillir une écume blanchâtre
Sur l'Océan partout menaçant et noirâtre,
Et d'entendre l'autan, qui vient avec fracas
S'engouffrer dans la voile, et fait courber les mâts?
Semblable à l'albatros au séduisant plumage,
Traçant sur l'onde amère un large et blanc sillage,
Le navire incliné prend un rapide essor
En dépit de la mer heurtant contre son bord.

Mais le ciel s'obscurcit: une clarté douteuse
A remplacé le jour, funeste et ténébreuse;
Des nuages épais, poussés par l'aquilon,
S'amoncèlent partout, pressés à l'horizon.
Alors avec terreur on entend la mâture

S'ébranler violemment jusqu'en son emplanture,
Et, sous l'effort des flots qui brisent sur l'avant,
Le bâtiment qui roule et tangue incessamment,
Craquer comme un vieux tronc qui menace ruine.

Malheur ! malheur alors, si pareille à la mine
Qui soudain sous les pieds dérobe un sol mouvant,
Le fatal incendie au progrès effrayant
Surgit : en un clin d'œil la voile est envahie.
Quel sort affreux ! périr si loin de la patrie,
Abîmé tout meurtri dans un gouffre sans fond,
Sans espoir de salut, dans un triste abandon !

Malheur ! si balloté par la lame en furie,
Le navire, alourdi déjà par l'avarie,
Vient toucher sur un roc, asile du trépas,
Et d'un coup de talon s'y fendre avec fracas :
Partout s'étend la mort cruelle, inévitable.

Mais aussi, quand le vent fougueux et redoutable
Apaise les élans d'un souffle impétueux,
Que le ciel se dégage, et qu'un jour radieux
Par degrés a fait place aux ténèbres horribles,

Après avoir bravé des dangers si terribles,
Qu'il est doux de revoir l'azur du firmament,
De contempler la mer qui, par enchantement,
Encore un peu houleuse et beaucoup moins profonde,
Paraît avoir calmé le courroux de son onde,
Et laisse distinguer un lointain horizon
Où disparaît la nue et se tait l'aquilon !

Décembre 1816.
Dans l'Océan atlantique.

L'ÉTOILE FILANTE.

Passant rapide au haut des cieux,
Comme le plaisir sur la terre,
Aux beaux temps tu frappes nos yeux
D'une fugitive lumière.
Comme l'éclair tu disparais,
Plus prompte encore et plus brillante.
Suspends un peu ta course errante ;
Du monde dis-moi les secrets.

Montre-moi la main qui rassemble
Au firmament tant de beautés
Que mon œil avide contemple,
Et ces innombrables clartés
Si distantes de notre sphère ;
Apprends-moi quel est le destin
De chaque étoile, feu divin
Qui durant les nuits nous éclaire.

Dis-moi si le maître du ciel
Mit des mortels en ces planètes,
Qui, traçant un orbe éternel,
Roulent au-dessus de nos têtes ;
Dessille mon faible regard
Et découvre-moi ce mystère :
L'âme en notre corps prisonnière
Ne le peut percer nulle part.

Pourquoi d'un voile impénétrable
S'enveloppe pour les humains
Ce Dieu, cet être inexprimable,
Qui les façonna de ses mains ?
Pourquoi de notre intelligence

Avoir limité les efforts ?
Pourquoi nous ouvrir les trésors
Du génie et de la science ?

Peins-moi, si ce n'est l'avenir,
L'incompréhensible nature.
Fais taire le léger zéphyre ;
Oh ! parle-moi, je t'en conjure.
Décris-moi tout ce que tu vois
Dans le bienheureux empirée,
Du haut de la voûte éthérée ;
Parle enfin, réponds à ma voix.

Tu restes muette, cruelle,
Tu fuis et disparais au loin,
Et mon œil, *Étoile* si belle,
A te suivre s'épuise en vain.
Dans l'incertitude et le doute
Il faut flotter jusqu'à la mort ;
Ignorant des décrets du sort
Il me faut poursuivre ma route.

Novembre 1847.
Dans la Mer des Indes.

LE QUART.

I.

La nuit silencieuse a remplacé le jour :
Comme elle sur l'avant la bordée est muette ;
L'on n'entend résonner sur la longue dunette
Que le bruit de ses pas lents et vifs tour-à-tour.

Il s'arrête parfois, suspend sa rêverie ;
De son œil vigilant il parcourt l'horizon,
Puis la voûte des cieux, la voilure, le pont,
Et retombe bientôt dans sa mélancolie.

II.

Mais sa bouche s'entr'ouvre et son front s'éclaircit ;
Un sourire adoucit son visage sévère :
Vers son pays natal il porte son esprit
Et pense aux gens chéris qu'il a laissés à terre.

Peut-être aussi (qui sait?) il songe à ses amours.
Et plus jolie encore il croit voir sa maîtresse,
(Loin de celle qu'on aime on l'embellit toujours),
Et l'absence importune augmente sa tendresse.

III.

Il interrompt le cours de ses pensers joyeux.
Maintenant sa figure est grave et réfléchie ;
Sa démarche est plus lente ; il tient fixes les yeux ;
Des choses d'ici-bas son âme est affranchie.

Hardie elle s'élance aux champs de l'avenir,
Interroge les cieux du Zénith au Nadir,
Mais ses efforts sont vains, folle est son espérance :
Jéhovah des humains a borné la science.

IV.

Il s'arrête, et contemple avec ravissement
Cette mer inconstante, aujourd'hui sans colère,
Qui doucement murmure autour du bâtiment
Et reflète partout mille jets de lumière,

Du vaste firmament le dôme tout d'azur ,
L'étoile scintillante et la lune argentée ,
Le sillon lumineux de la *Route lactée* ,
Et Vénus , inondant de clarté le ciel pur.

V.

Alors du Tout-Puissant implorant la clémence ,
Il s'incline humblement devant sa majesté ;
Saisi d'un saint effroi, sondant sa conscience ,
Il se voit bien petit dans cette immensité.

En extase à l'aspect de la riche nature ,
Il retrouve partout la main du Créateur ,
Et dans son œuvre il voit éclater sa grandeur ,
Dans le vaste univers et l'humble créature.
Alors il le bénit d'avoir dans sa bonté ,
Fait descendre en notre âme , au jour de la naissance,
Un céleste rayon de sa divinité ,
La charité , la foi , l'amour et l'espérance.

VI.

Mais la brise se lève , et le léger penon
Se balance docile au souffle qui le guide ;

La nuée, en repos naguère à l'horizon,
S'élance, et fend les airs dans sa course rapide.

La voile à chaque mât s'arrondit sans effort;
Sur la crête des flots naît une blanche écume;
Le navire s'incline et reprend son essor;
Le marin est debout : son ardeur se rallume.

VII.

Au loin rêve d'amour, au loin doux souvenir,
Dont le charme puissant pénètre dans notre âme;
Au loin graves pensers, beaux projets d'avenir :
Sur le pont la manœuvre à l'instant le réclame.

Juin 1847.
Dans l'Océan Atlantique.

LA TEMPÊTE
OU
LE CHANT DU MARIN (1).

De tes efforts fatiguant la voilure,
Tu fais plier notre haute mâture;

(1) Ces vers, ainsi que plusieurs des plus belles chansons de BÉRANGER, telles que *le Vieux Sergent*, *le Chant du Cosaque*, peuvent se chanter sur l'air « *Dis-moi, soldat, dis-moi, t'en souviens-tu?* »

Froid aquilon, tu soulèves les eaux
Et ne connais ni trois-mâts, ni vaisseaux.
Sur l'Océan ne nous sois point contraire,
Car au pays m'attend ma pauvre mère.
Modère, ô vent, ton souffle impétueux.
Ainsi chantait un marin courageux.

En vain, mêlée au grondement sonore,
Ma faible voix en ce moment t'implore.
Docile agent du roi de l'univers
Exécutant sur la face des mers
Lois et décrets immuables et sages,
Lorsque dans l'air tu chasses les nuages,
Tu ne peux rien hélas! à tous mes vœux.
Ainsi chantait un marin courageux.

A tes fureurs opposant la prudence,
Tu nous as vus, préparés à l'avance,
Serrer la voile et prendre tous les ris.
Le mauvais temps ne nous a point surpris.
Mon bâtiment, le jouet de l'orage,
Roule, s'incline et bondit au tangage.

Le ciel se vêt d'un manteau ténébreux.
Ainsi chantait un marin courageux.

L'éclair jaillit (trop courte est sa lumière)!
J'entends gronder le menaçant tonnerre,
Qui se prolonge en lointains roulements,
Et l'eau du ciel qui tombe par torrents,
Fouette en sifflant mes mains et ma figure.
Oh ! c'est alors que la sombre nature
Offre un aspect sublime autant qu'affreux.
Ainsi chantait un marin courageux.

J'entends briser les lames mugissantes,
Montagnes d'eau sans cesse renaissantes.
D'un seul regard j'embrasse l'Océan,
Reste insensible aux fureurs de l'autan,
Et, du poète éprouvant le délire,
Tire, inspiré, des accents de ma lyre,
A la merci des flots tumultueux.
Ainsi chantait un marin courageux.

Perçant la nue, un rayon de lumière
Vient ranimer et consoler la terre;

L'onde s'apaise et l'aquilon se tait;
L'orage enfin s'éloigne et disparaît.
Voiles au vent! Voguons vers la patrie.
Vous qui des flots arrêtez la furie,
Soyez béni, puissant maître des cieux.
Ainsi chantait un marin courageux.

Novembre 1847.
Dans la Mer des Indes

LE DÉPART DU MARIN.

Dédié à mon Frère.

I.

L'heure a sonné. Le cœur triste, je pars.
Du sort cruel tel est l'arrêt sévère.
Je vais des flots affronter les hasards.
Adieu. Courage, et sois heureux, mon frère.

Thétis commande : il me faut obéir.
Je monte à bord de notre nef légère ;
La brise est bonne : il est temps de partir.
Voiles au vent et vogue la galère !

II.

N'entends-tu pas gronder le lourd canon
Qui lance au loin sa charge meurtrière ?
N'entends-tu pas retentir le clairon
Et du tambour la cadence guerrière ?

Vois-tu flotter à la pomme des mâts
Des trois couleurs l'ondoyante bannière,
Et le sanglant étendard des combats
Qui de la gloire ouvre à tous la carrière ?

« A l'abordage ! » ont crié les marins,
Ivres de poudre et pressés à l'arrière.
Sur les deux bords liés par leurs grappins
Se livre alors une effroyable guerre.

Mais d'allégresse écoute ces clameurs ;
Vois ces débris flotter sur l'onde amère.

De ces vaisseaux quels sont donc les vainqueurs ?
Auquel vas-tu redemander ton frère ?

III.

Qui vient là-bas ? Quel est cet officier
A l'œil brillant, au front mâle et sévère,
Qui d'un pied leste a gravi l'escalier
Et court vers toi tout couvert de poussière ?

Ton cœur tressaille ; en ses bras, éperdu,
Avec transport cet officier te presse.
Est-ce un ami que le ciel t'a rendu ? —
C'est plus encor.— Qu'est-ce donc ?— C'est mon frère.

Paris, Avril 1848.

LE CAP DE BONNE ESPÉRANCE.

Toi qu'a chanté jadis le divin Camoëns,
Oserai-je après lui t'évoquer sur ma lyre ?
Venez, Muse, affermir mes trop débiles mains ;
Inspirez à mon âme un sublime délire.

Quand Vasco de Gama, mortel audacieux,
Apparut dans tes mers sur un frêle navire,
En vain tu soulevas les vagues jusqu'aux cieux,
En vain tu déployas la fougue de ton ire.

Par son noble courage électrisant les siens,
Calme, il prêtait l'oreille au bruit de la tempête;
Il s'enivrait d'audace, et, bravant les destins,
Fier, debout sur le pont, il relevait la tête.

Cependant fatigué de tourmenter les flots
Et du sort respectant l'arrêt irrévocable,
Tu regagnas la rive et ton lit de roseaux,
En jurant aux humains une haine implacable.

Depuis lors, l'œil au guet, fidèle à tes serments,
Veillant à l'horizon le navire qui passe,
Tu conjures l'orage, et, déchaînant les vents,
Agites de tes mers la houleuse surface.

Depuis lors tour-à-tour l'indolent Portugais,
L'industrieux Batave et l'orgueilleux Ibère,

Le Français généreux et le stoïque Anglais
Franchirent cette étrange et terrible barrière.

Tantôt c'est la Peyrouse, un compas à la main,
Mendana, Vancouver, et Cook ou Bougainville,
Tantôt c'est l'immortel et courageux Suffren,
Ou De la Bourdonnais, D'Estaing, Dumont d'Urville.

Tantôt c'est le corsaire intrépide et bouillant;
Tantôt d'un armateur la flotte pacifique,
Qui vogue avec lenteur à travers l'Océan
Et porte les produits de l'Inde et de l'Afrique.

Je lis dans l'avenir... Que vois-je?... Le marin,
Délaissant pour jamais tes funestes parages,
Sur un canal profond s'ouvre un nouveau chemin...
La puissante vapeur abrège ses voyages...

A peine si parfois l'avide négrier,
Et le navigateur allant en découverte,
Et, pêcheur patient, le hardi baleinier
Daignent voguer encor sur ta côte déserte...

Déposant ta colère et tes longues fureurs,
Au milieu des roseaux tu te caches sans doute,
D'un attrayant repos savoures les douceurs
Et les laisses surpris poursuivre en paix leur route...

Novembre 1847.
En doublant le Cap de Bonne Espérance.

SAINTE-HÉLÈNE

OU

NAPOLÉON.

A son enfant disait un vieux nocher :
« Vois-tu, mon fils, cet aride rocher
« Dont les sommets se perdent dans la nue,
« Ile maudite et long-temps inconnue,
« Ensevelie au sein de l'Océan ?
« Là se complait le redoutable autan,

« L'impur brouillard, empestant l'atmosphère,
« D'un lourd manteau couvre en tout temps la terre.

« De ce rocher Sainte-Hélène est le nom.
« Il est paré d'un funeste renom.
« Là, mon cher fils, d'une lente agonie,
« Mourut un jour un homme de génie.
« Là dans les fers des enfants d'Albion
« J'ai vu souffrir le grand Napoléon,
« Ce Corse ardent, brillant foudre de guerre,
« Qui dans le monde a dominé naguère.

« C'est qu'au génie un divin créateur
« Attache aussi l'implacable malheur !....
« Une immortelle et grande récompense
« Attend celui qui connut la souffrance !....
« Le conquérant, vainqueur des nations,
« Subit aussi le joug des passions !....
« Six ans d'exil et d'affreuse misère,
« Napoléon, furent la part sur terre.

« Il étouffait dans sa morne prison
« Et la douleur accablait sa raison.

« Un général partagea sa fortune :
« Fidèle ami, jusque dans l'infortune,
« Il adoucit l'instant de son trépas,
« Quand ce héros expira dans ses bras,
« Chez les Anglais, grâce à leur barbarie,
« Léguant sa gloire à sa belle patrie.

« Vingt ans, mon fils, sur ces funestes bords
« De ce grand homme a reposé le corps.
« Long-temps on vint comme en pèlerinage,
« A son tombeau creusé sur ce rivage.
« Un jour enfin, par un arrêt du sort,
« Un fils de roi l'emporta sur son bord,
« Et, sous un dôme, aux rives de la Seine,
« Gît désormais l'illustre capitaine. »

Décembre 1847
En rade de James-town (Ste.-Hélene).

LE BAPTÊME DE LA LIGNE.

AVANT-PROPOS.

Il y a déjà plusieurs siècles que l'on institua l'usage bizarre de se laver la tête en passant la *Ligne*. Il paraît que, tout bizarre qu'il est, cet usage se maintient en vigueur, puisque l'on continue de baptiser à l'équateur ceux qui ne l'ont pas encore doublé. Au reste, il n'est point étonnant que cette coutume se soit perpétuée même de nos jours : c'est la saturnale du matelot ; c'est l'unique instant où il peut secouer le joug du despotisme sévère, qui pèse sur lui. Ce n'est plus seulement une fête pour lui, c'est une revanche (courte, il est vrai), qu'il prend sur les chefs, qui lui font journellement sentir le poids d'une autorité presque sans contrôle. L'argent seul exerce alors, là comme à terre, son habituelle influence. C'est lui qui préserve l'officier ou le passager du bain désagréable et quelque peu humiliant préparé pour tout navigateur qui n'a point passé la Ligne. D'un autre côté, l'état-major se prête avec plaisir à la célébration de cette fête originale dite BAPTÊME DE LA LIGNE. C'est un divertissement qui vient pour un instant chasser l'ennui, compagnon presque inséparable en mer de la plupart de ses membres.

J'ai commencé la description de la fête aux préparatifs de la cérémonie du baptême, mais la veille on exécute, en guise de prologue, un divertissement burlesque.

D'abord on fait dans les hunes un tintamarre abominable, puis le *Postillon* du père la Ligne en descend, et gagne, monté sur un âne que lui cède un *Meunier* normand, l'enceinte réservée à l'état-major sur la dunette et à l'arrière du bâtiment. Le meunier l'accompagne en aspergeant de farine le visage des plus curieux. Le postillon, arrivé sur le gaillard, présente au commandant la lettre du Dieu, et d'ordinaire est régalé de quelque bon verre de vin ou de liqueur, qu'il partage fraternellement avec le meunier et l'ânon. Le Normand de son côté offre au commandant un panier plein de volailles, provenant des cages à poules de l'état-major, et non de la Normandie, comme il a l'habitude de l'affirmer.

Enfin lorsque le postillon a reçu la réponse du capitaine, à savoir *qu'il pouvait remercier en son nom le Dieu qui daignait l'honorer de sa visite, et qu'il serait reçu avec tous les égards dus à sa Majesté Divine*, le postillon, dis-je, s'en retourne dans le même équipage, faisant résonner son fouet, tandis que le meunier blanchit alentour les maladroits qu'il peut atteindre. La scène se termine par une dispute et un combat simulés entre le postillon et ce dernier, pendant lesquels on épuise le sac de farine, passé à cet effet par le gouvernement aux matelots comédiens.

Inutile de dire que l'allégresse règne parmi les marins, spectateurs de cette pièce improvisée, à laquelle le tambour vient mettre fin, en rappelant tout le monde à son poste pour prendre les hamacs.

LE BAPTÊME DE LA LIGNE

ÉPISODE BURLESQUE (1).

. . . .

De ces lieux partons donc ensemble ,
Et rendons-nous sous l'équateur
Ou la ligne équinoxiale.
Là mainte fête originale
Viendra nous égayer le cœur.

(1) Cet épisode est un fragment tiré d'un poème badin intitulé *le Palanquin du Diable* ou *le Tour du Monde* (livre II, chants III, IV et V), ouvrage encore inédit que, si Dieu veut, j'offrirai quelque jour au public.

Voici justement un navire
Où, je crois, l'on s'apprête à rire.

. . . .

C'était à bord d'une corvette
Que l'on célébrait cette fête.
Les gaillards étaient parsemés
De nombreux groupes animés.
Tout le monde était en attente.

Du grand mât jusques en abord,
Avec les pavillons du bord,
On avait construit une *tente*.
Un *autel* était préparé,
Afin d'y célébrer la messe
Suivant l'usage consacré.
Auprès une BAILLE (1) traîtresse
Se dérobait sous les replis
De larges guidons de série,
Et devait causer, je parie,
De secrets et justes soucis
A l'amant de dame Amphitrite,

(1) Moitie de tonneau servant de baquet

Qu'on allait, nouveau néophyte ;
En ce jour, par un bain complet,
Rendre pur, mais non satisfait.
Sur une *table* bien proprette
Se trouvaient déjà déposés
Des *rasoirs* de bois aiguisés,
Un *démêloir*, la *savonnette*,
Un *peigne fin* vrai râtelier,
Bref tout l'attirail du barbier;
N'allons point passer sous silence
Un *composé* tant soit peu dense
D'huile, de graisse et de goudron,
Liqueur noirâtre assez malpropre,
Qui ne me parut pas très-propre
A remplacer notre savon
D'une façon avantageuse.

Une acclamation joyeuse
Dans les airs soudain retentit,
Et bientôt de l'avant partit
Un rare et curieux cortége.
Dès qu'on eut donné le signal,

Il se fit un bruit infernal.
Au mépris des lois du solfége,
Six musiciens ignorants
Tirèrent de leurs instruments
Des sons discordants et barbares :
Dans les camps mêmes des Tartares
On n'entendit jamais, je crois,
Faire une musique pareille.
Pour moi je me bouchai l'oreille,
Et je n'eus pas trop de mes doigts.

L'*officier* du nouveau Saint-Père,
Chamarré de cordons et croix,
Portant un long sabre de bois
Et l'énorme claque de guerre
Des chefs d'état-major anglais,
La tête haute, ouvrait la marche.
Neptune, à la noble démarche,
Suivait cet officier de près.
Le front de ce Dieu respectable
Et puissant souverain des eaux
Était couronné de roseaux,

Et le trident si redoutable
Armait sa vigoureuse main.
A mes yeux s'offrirent ensuite
Défilant pressés à leur suite,
D'abord le *timonier* divin ;
Puis l'*astronome* et ses lunettes ,
Avec jabot , col et manchettes ,
Bonnet en pointe et grand rabat.
Il s'avançait droit comme un mât ,
Tenant un cercle astronomique ,
D'un effet , disait-il , magique ,
L'emportant sur tous en grandeur,
Dont , sur le limbe réparties ,
Des fèves de bonne grosseur
Divisaient toutes les parties.
Un *observateur* son servant ,
Dont le nez avait près d'un mètre ,
Portait dans ses bras , en soufflant ,
Un immense et beau chronomètre.
L'*aumônier* suivait , en chantant
Des hymnes encore inconnues
Qu'il apprit au palais des Nues ,
Alors qu'il n'était qu'un enfant.

De *bambins* une faible escorte,
(Et bambins de grandes maisons) !
Psalmodiaient de bonne sorte
Amen, litanie et répons.
L'un tenait, en guise de cierge,
Un superbe étendard de serge.
Comme il flottait au gré du vent,
Dessus j'y pus lire aisément
Écrit en très gros caractère :
VIVE L'AMOUR ET LE BON VIN,
C'EST LA DEVISE DU MARIN.
C'était pour tous le cri de guerre.
L'autre portait le bénitier :
Ce gamin aspergeait sans cesse,
Ma foi ! sans se faire prier;
Un autre d'un livre de messe,
Volume aussi gros que pesant,
Avait sa charge assurément.
Puis venaient le *barbier* céleste,
Revêtu d'une soubreveste,
En culotte courte, escarpins
A la boucle luisante et nette,
Rire aux lèvres, et dans les mains

Ayant une blanche cuvette ;
Son *garçon* pommadé , frisé ,
Dans ses beaux habits du dimanche ,
Les poings appuyés sur la hanche ,
L'œil malin et l'air avisé.

Un *tambour* ne cessant de battre ,
Et faisant du bruit comme quatre ,
Précédait le char triomphal
Du bénin et révérend Père
Du pays intertropical.
Six *ânons* , n'oubliant de braire ,
Conduits par un gai *postillon* ,
Le traînaient non sans quelque peine.
De temps en temps notre luron
Les arrêtait pour prendre haleine ,
Faisant résonner maints clic-clac
Tout aussi bien que ses confrères
De Lonjumeau , Lille ou Cognac ,
Qui chez nous ne s'en privent guères.
Le Dieu , couronné d'un bandeau ,
Comme un Milord dans son landau ,

Ou comme un opulent Burgrave,
Était couché nonchalamment,
Conservant un air digne et grave.
Un abdomen proéminent
Attestait que dans l'Empirée
Il n'aimait à manquer de rien.
(Assurément il faisait bien).
Son œil de couleur azurée
Était doux et majestueux ;
Sa blanche barbe et ses cheveux
Lui descendaient à la ceinture.
Sa *femme*, bonne créature,
Était assise à son côté.
C'était, dit-on, la fille unique
De sa majesté le Tropique.
Sur ses genoux la déité
Portait comme une tendre mère
Equinoxe leur seul enfant,
Qui les charmait, elle et le père,
En bégayant « papa...., maman.... ».
Monsieur le divin *secrétaire*
Était auprès de la portière,

Avec un carton sous le bras,
Et causait avec eux tout bas.

. . . .

Père la Ligne pour escorte
Avait avec leurs *brigadiers*
Cinq *gendarmes* et dix *troupiers;*
Puis une infernale cohorte
De *démons* noirs et demi-nus,
La queue en l'air et tous cornus,
Sautillant les uns et les autres
Comme des diables qu'ils étaient.
Ils jouaient, hurlaient, se battaient,
Chantaient, disaient des patenôtres :
Les uns étaient armés de crocs,
Ceux-ci de fouènes aiguës,
Et ceux-là de fourches pointues ;
Quelques autres portaient des brocs,
Des seringues ou des pincettes,
Tout en faisant mille risettes
Aux nombreux et gais spectateurs.
Derrière eux venaient trois *sapeurs;*

Puis un *meunier* de Normandie,
Monté sur un superbe *ânon* :
On le disait très fin luron,
Habile à jouir de la vie,
Brave et hardi comme un Français,
Et grand amateur de procès ;
A son cou pendait la bouteille,
Pleine d'une liqueur vermeille ;
Il avait en outre un bissac,
Ma foi ! d'une gaillarde mine ;
Devant lui s'allongeait un sac,
Rempli jusqu'aux bords de farine.
Le drôle y puisait fort souvent
Et blanchissait adroitement,
D'une façon parfois comique,
Ceux qui l'approchaient de trop près,
Leur disant d'un ton sardonique
Qu'il ne l'avait pas fait exprès.

On voyait à l'arrière-garde
Un habitant du Kamtschatka
Nommé *Chilcoulcalkelkiska*,

Droit comme un I, gueux comme un Sarde,
Qui faisait danser en chemin,
Au son d'un bruyant tambourin,
Un ours appelé *Tristapatte*
Ayant un gourdin à la patte;
Enfin un maigre *tabarin*,
Coureur acharné de guinguettes,
Qui montrait les marionettes,
Le fameux Saint-Roch et son chien,
Le Chat, Monsieur Polichinelle,
Le Commissaire et son bâton,
Saint-Antoine avec son cochon,
En trois mots la gent à ficelle,
Et le tout en s'accompagnant
Sur un fifre au son discordant.

Le vieux Bonhomme et ses consorts
Cependant arrivent derrière,
Où des divers états-majors
Était déjà la troupe entière.
Sur une canne s'appuyant,
Le vénérable Dieu descend.

Et, s'adressant au Capitaine,
Lui fait un discours paternel
Et dit le sujet qui l'amène.
Celui-ci, d'un ton solennel,
Rend au Dieu l'ordinaire hommage,
Et, lui livrant son équipage,
Lui cède le commandement
De son élégant bâtiment.
Autour du Saint-Père on s'empresse
Et chacun lui fait politesse.
Quelques officiers plus galants
Vont à la Reine son épouse,
(De son mari, dit-on, jalouse),
Tourner de jolis compliments,
Dont nul d'eux certes n'est avare.

Bientôt le Timonier divin
Cependant se met à la barre;
Puis l'Astronome prend en main
Son cercle à jamais mémorable,
Tandis que l'Officier du Dieu,
Le second maître de ce lieu,

Commande avec un air affable,
Et carguant, brassant, amenant,
Arrête l'essor du navire.
L'auguste et vénérable sire,
Sa femme, et le royal enfant
Seul héritier de sa puissance,
Neptune et Monsieur l'Aumônier
Prennent leur place au banc grossier
Qu'on avait préparé d'avance.

Notre astronome sans pareil
Trouve dans le brillant soleil,
Que ne voile pas un nuage,
De nombreux boujarons de rack,
(Ou, si vous aimez mieux, cognac),
Et quarts de vin pour l'équipage;
Puis, au bout de quelques instants,
L'Observateur plein de science
Soudain interrompt le silence,
Qui régnait chez les assistants,
Par ces quelques mots qu'il prononce
D'une voix forte, avec lenteur :
« *Nous avons passé l'Équateur.* »

Quand à tout un peuple on annonce,
Après de terribles revers,
Une victoire inespérée,
De ses cris il remplit les airs
Et sa joie est immodérée;
Tels, après de constants labeurs,
Les habitants de la corvette,
De l'avant jusqu'à la dunette,
Poussent de joyeuses clameurs.
Alors démons d'entrer en danse,
Anes de braire, ours de rugir,
Les instruments de retentir,
Et le bacchanal recommence.
Heureusement qu'il dura peu,
Autrement j'eus quitté ce lieu,
Et je n'aurais pas vu le reste,
Le plus comique sans conteste.

Le silence étant rétabli,
L'Aumônier célébra l'office
Et finit le divin service,
Suivant un usage établi,

Par un sermon court, pathétique,
Et d'un style très énergique.
Il récita maints oremus
Dont tous les mots étaient en *us*.

Aussitôt que la messe est dite,
Les néophytes sont conduits
Dans la tente sainte et bénite.
Deux par deux ils sont introduits.
Les démons au noiraud visage
Leur font la nique à leur passage,
Et, se courbant très humblement,
Les poursuivent de moqueries
Et de grosses plaisanteries.
Après avoir prêté serment
De se garder toute la vie
De courtiser femme jolie,
Épouse ou fille de marin,
Les Élus, (qu'il ne charme guère),
Vont trouver le barbier divin
Et par lui, de bonne manière,
Sont peignés, savonnés, rasés.

Cela fait, ils sont *baptisés*,
C'est-à-dire, lectrice aimable,
Qu'on les enfonce jusqu'au nez
Dans la *baille* que vous savez,
(Bain tant soit peu désagréable),
Tandis qu'à pleins seaux, des haubans,
D'autres font pleuvoir l'eau salée
Sur leur figure désolée,
Sans distinguer âge ni rangs.

Tout ceci n'était rien encore.
Les baptêmes sont terminés;
Le Dieu que la marine honore
A tous devant lui prosternés
Dit adieu, puis vers son domaine,
Suivi de sa cour souveraine,
Il fait route très gravement,
Et, dans le même ordre qu'avant,
S'éloigne son fameux cortége.
Alors matelots, officiers
Sur crachoirs, seaux et bénitiers,
Tels que des pillards dans un siége,

Se précipitent à l'envi.
On crie, on se pousse, on se mêle;
C'est partout un vrai pêle-mêle,
Un curieux charivari.
D'abord la tente est renversée ;
Ici l'on ferme les panneaux,
Et ceux-là bouchent les dalots.
La multitude est dispersée ;
On n'épargne pas les peureux
Et l'on s'asperge à qui mieux mieux.
La pompe en tous sens répand l'onde :
Indistinctement elle inonde
Les arroseurs, les arrosés,
Baptisés ou non-baptisés.

Décembre 1847.

CHANSONS.

CHANSONS.

LE REFRAIN DU MARIN.

Air connu.

(Dans le service de l'Autriche.)

Pris pour la marine royale,
(Ce qui peu d'entre nous régale),
Nous savons ça,
C'est d'une solde très-légère
Qu'on paie une grande misère,
Tradidéra.

Amis, narguons le sort qui nous rassemble;
A bas la bile et répétons ensemble :
Vive l'amour, le tabac, le bon vin,
Voilà le refrain du Marin.

Après nos trois ans de service
Passés à faire l'exercice,
Nous savons ça,
Allons trouver le Commissaire,
Pour que bien vite on nous libère,
Tradidéra.
Quand nous aurons notre feuille de route,
Brassons grand largue, amis, filons l'écoute.
Vive l'amour, le tabac, le bon vin,
Voilà le refrain du Marin.

En nous embarquant au commerce,
Au bureau d'espoir on nous berce,
Nous savons ça;
Puis quand nous sommes en voyage,
On n'y pense plus; c'est l'usage,
Tradidéra.

Mais, par nos chants, en mer ainsi qu'en rade
Bravons encor la fortune maussade.
Vive l'amour, le tabac, le bon vin,
Voilà le refrain du Marin.

De jour en jour (c'est là le pire),
Lorsque l'on équipe un navire,
Nous savons ça,
Sans avoir égard au tonnage,
On en affaiblit l'équipage,
Tradidéra.
Notre carrière, allez! je vous assure,
Déjà, Messieurs, est certes assez dure.
Vive l'amour, le tabac, le bon vin,
Voilà le refrain du Marin.

L'armateur, la main dans la poche,
D'écus voit gonfler la sacoche,
Nous savons ça;
Pour nous il reste la misère
Qui bientôt nous chasse de terre,
Tradidéra,

Triste logis, chétive nourriture,
Dangers sans nombre et mainte courbature.
Vive l'amour, le tabac, le bon vin,
Voilà le refrain du Marin.

N'abandonnons pas l'espérance :
Dans le port nous ferons bombance,
Nous savons ça.
Nous prodiguerons les caresses
A nos sémillantes maîtresses,
Tradidéra,
Et rondement dépensant nos salaires,
Nous redirons entrechoquant nos verres :
Vive l'amour, le tabac, le bon vin,
Voilà le refrain du Marin.

Novembre 1847.

LA VIE DU MATELOT.

AIR : *Fouler le bitume.*

N'avoir en voyage
Sur les flots éternellement
D'autre voisinage
Que la mer et le firmament ;
Tantôt à la barre,
Et tantôt de veille au bossoir,
Comme un vrai Lascare,
Bourlinguer du matin au soir (1) ;
L'âme peu ravie,
La nuit être de quart encor,
Oui, voilà la vie
Du matelot présent à bord.

(1) On appelle *bossoirs* deux poutres placées en saillie à l'avant du navire et qui servent à soutenir les ancres. — Le *Lascare* est un matelot indien mercenaire. — *Bourlinguer*, fatiguer à la manœuvre

Sur l'onde inhumaine,
Se jouer des fureurs du vent;
Supporter sans peine
La chaleur et le froid piquant;
Pour sa nourriture
Avaler soupes et biscuits,
Et, par aventure.
Grimper en haut prendre des ris;
Et braver la pluie,
Faire des paillets, du bitord (1),
Oui, voilà la vie
Du matelot présent à bord.

Une fois à terre,
Endosser les habits bourgeois,
Et tout son salaire
Le dépenser en moins d'un mois,
A courir la gueuse
Et fréquenter les cabarets,

(1) Le *paillet* est une espèce de paillasson en corde, et le *bitord* une sorte de cordage.

Et, d'humeur joyeuse,
Partout s'amuser à grands frais,
Point d'économie,
Au hasard prodiguer son or,
Oui, voilà la vie
Du matelot absent du bord.

Juin 1847.

LA DÉLIVRANCE

OU

LE CONGÉ.

AIR *des Gueux*.

Allons, allons,
Adieu le service,
Adieu l'exercice,
Gaiement voguons

A la fin je te possède,
O *congé* tant souhaité ;
A l'esclavage succède
L'attrayante liberté.

Allons, allons,
Adieu le service,
Adieu l'exercice
Gaiement voguons.

Pauvres amis que je laisse
A bord des vaisseaux du roi,
Vous n'y serez pas sans cesse
Et partirez comme moi.

Allons, allons,
Adieu le service,
Adieu l'exercice
Gaiement voguons.

Désormais plus de corvée
Pour Messieurs les gouvernants,
Car mon heure est arrivée
Et j'ai fini mes trois ans.

Allons, allons,
Adieu le service,
Adieu l'exercice,
Gaiement voguons.

Adieu, gourgane (1) *charmante*,
Et vous, petits pois si durs,
Adieu, chère *succulente*,
Adieu, rack et vin *si purs*.
Allons, allons,
Adieu le service,
Adieu l'exercice,
Gaiement voguons.

Avec ma feuille de route,
Joyeux je vole au pays,
Bientôt vous irez sans doute·
Du courage, mes amis.
Allons, allons,
Adieu le service,
Adieu l'exercice,
Gaiement voguons.

(1) Fève

EURUS

OU

LE VENT-DEBOUT.

AIR *des Moines de St.-Denis*

Puisque messire Eurus (1)
En colère, sans doute,
Ne veut pas, le brutus !
Nous laisser cap en route (2),

Voilà qu'est bon, bon, bon.
Il faut boire et rire,
Oui boire, oui rire,
Sur notre navire,
Jusques à Bourbon.

(1) Vent d'est.

(2) *Avoir le cap en route*, c'est : avoir l'avant du navire dans la bonne route.

Mes chers amis, buvons
Et faisons bonne chère;
Le verre en main, narguons
Ce vilain vent contraire.

Voilà qu'est bon, bon, bon.
  Il faut boire et rire,
    Oui boire, oui rire,
  Sur notre navire,
  Jusques à Bourbon.

Mais Eurus en courroux
Siffle, à ce qu'il me semble.
« Çà, maître vent, tout doux! »
Et nous chantons ensemble:

Voilà qu'est bon, bon, bon.
  Il faut boire et rire,
    Oui boire, oui rire,
  Sur notre navire,
  Jusques à Bourbon.

Allons, joyeux propos.
Gaîté, douce folie,

Et contes et bons mots,
A table on vous convie!

Voilà qu'est bon, bon, bon.
Il faut boire et rire,
Oui boire, oui rire,
Sur notre navire,
Jusques à Bourbon.

La pluie; en vérité,
Vient nous rendre visite.
Buvons à sa santé,
Puis, qu'elle parte vite.

Voilà qu'est bon, bon, bon.
Il faut boire et rire,
Oui boire, oui rire,
Sur notre navire,
Jusques à Bourbon.

D'un coup de son trident,
Le mari d'Amphitrite (1)

(1) Neptune, dieu de la mer.

Soulève l'océan,
Où danse la bonite (1).

Voilà qu'est bon, bon, bon.
Il faut boire et rire,
Oui boire, oui rire,
Sur notre navire,
Jusques à Bourbon.

L'horizon s'éclaircit
Et le ciel se dégage.
Le damné vent mollit
Et va plier bagage.

Voilà qu'est bon, bon, bon.
Il faut boire et rire,
Oui boire, oui rire,
Sur notre navire,
Jusques à Bourbon

La mer tombe devant,
La brise nous adonne (2);

(1) Poisson de mer

(2) *Adonner*, devenir favorable.

Mettons voiles au vent :
La route se fait bonne.

Voilà qu'est bon, bon, bon.
Il faut boire et rire,
Oui boire, oui rire,
Sur notre navire,
Jusques à Bourbon.

« Eurus, en d'autres lieux
« Transportez votre rage,
« Et recevez nos vœux
« Pour votre heureux voyage. »

Voilà qu'est bon, bon, bon.
Il faut boire et rire,
Oui boire, oui rire,
Sur notre navire,
Jusques à Bourbon.

SIRE FACE BLÊME.

Air du *Petit homme gris.*

Il 'tait un capitaine,
Capitaine marchand,
Rataplan,
Sans fesses ni bedaine,
Plus maigre qu'un hareng,
Rataplan.
Ma foi, moi je m'en.....
Ma foi, moi je m'en......
Ma foi, moi je m'en moque!
Le drôl' de corps! (*bis*) Ah! qu'il était baroque!

Comme feu Nicodême
Avait face tout l'an,
Rataplan;
Aussi de *Face blême*
Lui vint le nom plaisant,
Rataplan.
Ma foi, moi je m'en.....
Ma foi, moi je m'en....
Ma foi, moi je m'en moque!
Le drôl' de corps! (*bis*) Ah! qu'il était baroque!

On disait le pauvre homme
Provenu d'un géant,
Rataplan;
Aussi long que la bomme (1),
Il était beau vraiment,
Rataplan.
Ma foi, moi je m'en.....
Ma foi, moi je m'en.....
Ma foi, moi je m'en moque!
Le drôl' de corps! (*bis*) Ah! qu'il était baroque!

(1) Espèce de vergue servant à une des voiles de l'arriere, plus ordinairement appelée *gui*.

C'était un triste sire,
Taquinant fort les gens,
Rataplan;
Aussi dame Satire
Riait à ses dépens,
Rataplan.
Ma foi, moi je m'en.....
Ma foi, moi je m'en.....
Ma foi, moi je m'en moque!
Le drôl' de corps! (*bis*) Ah! qu'il était baroque!

Quand la Mort inhumaine
Fut lui crier « Viens-t-en, »
Rataplan,
Le bourru capitaine
La suivit chez Satan,
Rataplan.
Ma foi, moi je m'en.....
Ma foi, moi je m'en.....
Ma foi, moi je m'en moque!
Le drôl' de corps! (*bis*) Ah! qu'il était baroque!

LE BIDON CASSÉ.

Air *de Gotton.*

Un marin par aventure
Un jour cassa son bidon.
C'était maladresse pure,
S'il faut croire le dit-on.
 Polisson ! scélérat !
S'écria le potentat,
 Polisson ! scélérat !
Oh ! quel horrible attentat !

Il avait fait maint voyage,
Ventre plein, sans se casser ;
Le roulis ni le tangage
N'avaient pu le renverser.

Polisson ! scélérat !
S'écria le potentat,
Polisson ! scélérat !
Oh ! quel horrible attentat !

O cruelle circonstance !
Cet infortuné bidon
Termina son existence
D'une chute sur le pont.

Polisson ! scélérat !
S'écria le potentat,
Polisson ! scélérat !
Oh ! quel horrible attentat !

Capitaine *Face blême*,
Quand le cas lui fut conté,
Gronda, cria, jura même,
Tant il en fut irrité.

Polisson ! scélérat !
S'écria le potentat,
Polisson ! scélérat !
Oh ! quel horrible attentat !

Un certain auteur naguère
A dit, et non sans raison,
Que terrible est la colère
Du noble sire Lion.

Polisson! scélérat!
S'écria le potentat,
Polisson! scélérat!
Oh! quel horrible attentat!

Non moins terrible fut celle
Du capitaine marchand.
Le porteur de la nouvelle
En pâtit quoiqu'innocent.

Polisson! scélérat!
S'écria le potentat,
Polisson! scélérat!
Oh! quel horrible attentat!

Comme il était au passage
Et se trouvait sous sa main,
Il sentit sur son visage
Un soufflet tomber soudain.

Polisson ! scélérat !
S'écria le potentat,
Polisson ! scélérat !
Oh ! quel horrible attentat !

En se frottant la figure,
Sans en attendre un second,
Il s'enfuit, je vous l'assure,
En courant, jusqu'au faux-pont.

Polisson ! scélérat !
S'écria le potentat,
Polisson ! scélérat !
Oh ! quel horrible attentat !

Du temps détruire est l'affaire :
La colère se passa.
Feu Bidon était de terre,
Un de bois le remplaça.

Polisson ! scélérat !
S'écria le potentat,
Polisson ! scélérat !
Oh ! quel horrible attentat!

WISTITI

OU

LE SINGE MALFAISANT.

AIR *du Roi d'Yvetot.*

A bord d'un certain bâtiment,
D'un aspect fort bizarre,
Était un singe malfaisant
D'une espèce très-rare.
S'il n'eût dépendu que de moi,
De Bornéo l'on eût fait roi,
Ma foi !
Oh ! oh ! oh ! oh ! ah ! ah ! ah ! ah !
Quel animal que celui-là !
La, la.

Il buvait clair à ses repas,
Mais faisait bonne chère :
(De singes qui ne l'aiment pas
Du reste on n'en voit guère).
Il était réputé gourmand,
De dessert et mets succulent
Friand.
Oh! oh! oh! oh! ah! ah! ah! ah!
Quel animal que celui-là!
La, la.

Il copiait du Commandant
Les gestes et l'allure.
On eût dit un portrait frappant,
Un portrait de nature.
Pour imiter, oh oui, vraiment!
Notre singe avait un talent
Très-grand.
Oh! oh! oh! oh! ah! ah! ah! ah!
Quel animal que celui-là!
La, la.

D'un naturel capricieux,
D'une humeur inégale,
Il n'était humble et doucereux
Qu'avec Monsieur Raffale.
Il était sournois, médisant,
Pour tous de l'arrière à l'avant
Méchant.
Oh! oh! oh! oh! ah! ah! ah! ah!
Quel animal que celui-là!
La, la.

Son nom qu'il a couvert d'honneur
Passera d'âge en âge,
Et grâce au ciseau du sculpteur
Survivra son image.
A la proue on l'exposera.
Tout le monde qui la verra
Dira :
Oh! oh! oh! oh! ah! ah! ah! ah!
Quel animal que celui-là!
La, la.

POÉSIES DIVERSES.

POÉSIES DIVERSES.

RÊVERIES D'UN MARIN.

EPITRE.

Non, celui qui jamais n'entreprit de voyages
Ne peut se figurer
Comme il est doux, en de lointaines plages,
De se rémémorer
Le temps heureux passé dans sa patrie,
Sa demeure chérie,
Ses plaisirs, ses amours,
Ses amis que peut-être on laisse pour toujours,

Sa bonne et tendre mère,
Et son excellent père,
Qui seront maintenant
Tristes et plongés dans la peine,
En entendant mugir le vent
Et gronder la foudre en la plaine.
C'est ainsi qu'au milieu des flots,
Tandis que mollement glisse notre corvette,
Inspiré par la nuit, le murmure des eaux,
Où brillant se reflète
L'astre du firmament,
Je m'abandonne doucement
A mes vagabondes pensées.

. . . .

O sincère et fidèle ami,
A la brise légère et qui fuit vers la France,
A l'hirondelle heureuse, et qui dans l'air s'élance
Pour aller regagner son nid,
Je confie en secret mes vœux et ma tendresse.
Que ses cris d'allégresse
Et cette molle brise à la douce fraîcheur
Soient pour vous l'écho de mon cœur.

Avril 1846.

Dans la Méditerranée.

L'ILLUSION.

O gracieuse Illusion,
Don charmant de la Providence,
J'aime ton heureuse influence
Et l'agréable vision
Dont parfois tu berces notre âme.
Au feu de ta joyeuse flamme
Souvent j'ai réchauffé mon cœur,
Qu'avait glacé le souffle du malheur.
Aimable sœur de l'Espérance,
La pâle et cruelle Souffrance
Se détourne de ton chemin.
Un frais bouquet est dans ta main
Et le sourire est sur ta bouche.
Loin de tes yeux, l'Envie au cœur sec, à l'œil louche,

Se cache en d'affreux souterrains.
Les cieux autour de toi s'offrent toujours sereins.
Sous tes pas la fleur plus brillante
Émane un parfum odorant,
Et la fauvette, sémillante,
Et le rossignol, soupirant,
Chantent dans les airs tes louanges,
Imitant le concert harmonieux des anges.
Thétis vient mollement te caresser les pieds
De son onde calmée,
Quand tu parais sur la rive embaumée.
Les hardis nautonniers,
Sur la nef qui bondit par l'aquilon poussée,
Comme une déesse des mers
T'appellent sur les flots amers
Pour embellir leur traversée.

12 septembre 1846.
Dans la Mer des Indes.

LE SOUVENIR.

Doux compagnon de l'homme, aimable Souvenir,
Tu nous berces depuis l'enfance
Jusqu'à l'âge où nous fuit la riante espérance,
Où s'éteint le brûlant désir.

Jetant un voile épais sur nos douleurs sans nombre,
Nos afflictions et nos maux,
Ta bienfaisante main, qui se cache dans l'ombre,
Allège ces pesants fardeaux.

A notre esprit charmé tu présentes sans cesse
Nos trop courts instants de bonheur
Et l'image de la tendresse,
Qui jusqu'en ses replis réjouit notre cœur.

Tu raccourcis l'heure d'absence,
Mystérieux agent de la Divinité,
Et verses dans notre âme en proie à la souffrance
Le baume de l'humanité.

Sois béni pour le bien que tu fais sur la terre,
Toi qui, sans partialité,
Rassembles au foyer de ta flamme légère
La Richesse et la Pauvreté.

Novembre 1847.
Dans la Mer des Indes.

LE CAPTIF.

I. — LE CAPTIF.

Le Malheur au sombre visage
Entraîne partout après lui,
Durant son incessant voyage,
La Douleur et le pâle Ennui.

Le voici qui frappe à la porte
De mon humble et calme réduit,
Et sans relâche il me poursuit
Avec sa trop fidèle escorte.

Il atteint de son bras fatal
Tous ceux que j'aime sur la terre.
Tremblez, amis : l'Esprit du Mal
Est terrible dans sa colère.
Ployez humblement sous ses coups ;
Comme un roseau dans la tempête,
Il faut bien bas courber la tête,
Oh oui, bien bas, entendez-vous ?

Plus cruel que l'oiseau de proie,
Il a pris mes biens les plus chers
Et sa main a forgé mes fers ;
Il a banni la douce joie
Qui jadis, en mes heureux jours,
De concert avec les amours,
Charmait ma vie à son aurore,
Comme un ciel que Phœbus colore.

Ah! rendez-moi la liberté,
Vous, puissants et grands de la terre;
Dussé-je au prix de la misère
Racheter ma captivité.

. . . .

Mais ma voix se perd impuissante
Aux profondeurs de ma prison,
Et, dans un étroit horizon
Ma vue incertaine et tremblante,
A travers les barreaux épais,
Cherche en vain la belle nature
Si féconde et pleine d'attraits,
L'onde paisible et la verdure.

II. — LA LIBERTÉ.

Que veut cet homme aux nobles traits,
Dont le front courbé vers la terre
Porte l'empreinte des regrets,
D'une douleur profonde, amère?
Pourquoi porte-t-il vers les cieux
Un œil où se peint l'ironie?

Sans doute un rival envieux
Opprima son mâle génie?........

Sans doute, en sa première ardeur,
La trahison d'une maîtresse
A sur ses yeux et sur son cœur
Tendu ce voile de tristesse?.......
Loin des palais aux lambris d'or,
Le travail joint à la misère
A plissé son front jeune encor.
Que veut-il ce fils de la terre?

Ce que demande l'humble fleur
Qui, sur sa tige languissante,
Dans le salon d'un amateur
Voit pencher sa tête charmante.
Ce que demande le coursier,
Qui mord en écumant sa bride,
Se cabre sous son cavalier
Et maudit la main qui le guide.

Ce qu'ils demandent?...... mais c'est l'air,
C'est l'astre qui répand la vie,

Plus brillant encor que l'éclair ;
C'est le ciel et son harmonie,
Son dôme inondé de clarté.
Ce qu'ils veulent?....... c'est la nature
Avec son manteau de verdure.
Ce qu'ils veulent?.... . la LIBERTÉ.

III. — LA MUSE DU CAPTIF.

O Muse, dans mon infortune,
Je te retrouve à mon côté.
Tu ne peux, douce déité,
Changer l'arrêt de la Fortune,
Mais, aussi fidèle toujours,
Dans les bons et les mauvais jours,
Puisant au trésor de tendresse,
Tu consoles ton protégé,
Qui, par ta bouche encouragé,
Bannit amertume et tristesse.

Du sort je brave les fureurs
Sous ton égide protectrice.

Mon aimable consolatrice,
Ta main daigne essuyer mes pleurs,
Et de ton attrayant visage,
Qui du Bonheur me peint l'image,
Mes yeux, animés par l'amour,
Avec un charme inexprimable,
Un plaisir indéfinissable,
Suivent le séduisant contour.

Comme la terre, après l'orage,
Souriant à l'astre du jour,
Changeant de face tour-à-tour,
Offre un plus riant paysage;
Tel, à l'abri du noir destin,
M'égayant du soir au matin,
Je mets en oubli la misère,
Et goûtant un double plaisir,
Vole hardi vers l'avenir
Dans ma course libre et légère.

. . . .

De mes maux racontant l'histoire
A mes amis, autour de moi
Pressés comme la cour d'un roi,
J'émeus l'attentif auditoire;
Et l'amitié, ce don des cieux,
Me semble un bien plus précieux,
En recueillant chaque parole,
Qui, telle qu'un baume enchanteur,
Pénétrant jusqu'au fond du cœur,
Le réjouit et le console.

Ainsi chantait un prisonnier
Sur l'humble lyre du poète,
De ses pensers douce interprète.
Soudain les pas lourds du geôlier
Rendent son oreille attentive;
Il lève sa tête pensive
Et jette autour de lui les yeux.
La clef tourne dans la serrure;
La porte avec un sourd murmure
S'ouvre: il est libre et sort joyeux.

LA MORT D'UN HOMME DE BIEN.

Partout la Mort attend l'homme au passage,
Et, du Seigneur exécutant l'arrêt,
D'un pôle à l'autre à toute heure apparaît.
Elle est partout, sous un nouveau visage.
Sa faux tranchante, en ses puissantes mains,
Seule, ici-bas, nivelle les humains.

L'infatigable messagère,
Albrand, de ton logis a donc franchi le seuil.
Hier, plein d'une espérance hélas! trop mensongère,
J'accourais souriant, et j'y trouvai le deuil.
Après une courte agonie,
Ton âme monta vers les cieux.
Ta vie en bas était finie
Et commençait au séjour des heureux.

Depuis peu l'amitié sincère
Unissait du plus doux lien
Nos cœurs qui s'entendaient si bien,
Et déjà je t'aimais en frère.

Tu nous as précédés là-haut;
Mais comme la tienne immortelle,
Aux sources de vie éternelle
Mon âme t'y joindra bientôt.

Oui, bientôt; car le temps s'écoule
Et fuit avec rapidité,
Jusqu'à ce qu'il arrive et roule
Au gouffre de l'Éternité.

Marseille, 13 avril 1850.

LE RÊVE ET LA RÉALITÉ.

Qui de nous, en son existence,
(Et cela depuis son enfance),

Jouet de quelque vision,
Ne s'est bercé d'illusion,
Esprit subtil, insaisissable,
Qui voltige à l'entour du cœur,
Semblable au feu follet trompeur?
Qui n'a charmé d'un rêve aimable
Son esprit sans cesse inquiet?
Qui de nous (au moins en secret)
N'a fait des châteaux en Espagne?
Puis, quand notre tête à loisir
A sur les ailes du plaisir
Çà et là battu la campagne,
Se montrent la réalité
Et la déception amère
Avec la triste vérité.
L'œil ébloui par la lumière,
Notre âme s'éveille en sursaut.
Soudain le voile se déchire,
La raison succède au délire,
Et chacun tombe de son haut.
Ainsi le veut notre nature.
Ainsi le poisson imprudent

Mord à l'hameçon qu'on lui tend.
Ainsi la vierge belle et pure
Rêve un mari tendre et constant :
Elle épouse un indifférent
Qui la néglige et la délaisse.
Celui-ci rêve la richesse
Et le confortable des grands :
En partage il a la misère.
Ceux-là sensuels et gourmands
Rêvent bon vin et bonne chère :
C'est à peine s'ils ont du pain.
L'un rêve un ami franc, fidèle,
Et, s'il tombe dans le besoin,
Adieu l'amitié fraternelle ;
Cet autre sensible à l'excès
Rêve des amours pleins d'attraits ,
Et son amante est inhumaine.
Enfin souvent la gent humaine
Ici-bas rêve le bonheur
Et n'y trouve que le malheur.

Marseille, 1 décembre 1818.

LE PELOTON.

EPITRE.

. . . .

Il est, je pense, assez utile
De vous donner description
De la dite punition.
Sachez donc que la bouche close,
Debout, il faut faire une pose
D'un plus ou d'un moins long moment,
Selon la cause et le causant.
Il faut tenir la tête haute,
Les mains le long de chaque côte.
Vous êtes libre après cela
De transporter de-çà de-là

Votre vagabonde pensée
Vers une épouse ou fiancée,
Dans le passé, dans l'avenir,
Aux cieux, du zénith au nadir,
De notre Europe en Amérique
Ou d'Océanie en Afrique.

. . . .

Mars 1845.
Dans l'Océan Atlantique

UN POSTE D'ASPIRANS.

EPITRE.

. . . .

Figurez-vous un long quadrilatère
Que nuit et jour la pâle lampe éclaire,
(Car le hublot compte à peu près pour rien),
Où l'habitant non Lilliputien
Doit en marchant toujours baisser la tête.

. . . .

La table en chêne, énorme, envahissante,
Que grâce à Dieu l'on démonte aisément,
De ce séjour est l'unique ornement.
C'est là qu'assis sur des pliants en toile,
Qu'on soit en rade, ou que l'on soit sous voile,
On mange, on boit, on crie, on chante, on rit.

. . . .

Auprès du poste, au centre du navire,
Quand le soleil pour nous cesse de luire,
Nos matelots suspendent ces longs sacs,
Lits bien connus sous le nom de hamacs.
Grâce à notre âge, aux quarts de la journée,
Nous y goûtons les douceurs de Morphée,
Pour un moment exempts de tous soucis,
En nous berçant mollement au roulis.
Là, mon ami, de doux, d'aimables songes
Viennent souvent par de riants mensonges
Charmer un court, mais solide sommeil.
Pourquoi faut-il que suive le réveil !

. . . .

DISCOURS

D'UN MARIN DE QUART A LA LUNE.

Phœbé, vous nous faites faux-bond :
J'irai m'en plaindre à votre père.
Quoi ! votre frère le beau blond
Tout le jour éclaira la terre,
Tout le jour son soleil a lui,
Égayant, charmant la nature,
Et vous refusez aujourd'hui
Votre lumière douce et pure !
Malgré la réputation
Qu'à tort parmi nous l'on vous donne,
Belle dame, je vous soupçonne
D'être au chevet d'Endymion.

Je ne vous blâme d'être tendre,
Mais du moins vous pourriez attendre,
Pour lui témoigner votre amour,
Qu'Aurore à la main si jolie
Ait ouvert les portes du jour.
Alors allez dans Idalie
Ou sur l'Ida voir votre amant,
Cela m'est certe indifférent.
Mais ne soyons pas trop sévère :
Je pardonne pour cette fois.
Je ne veux pas du Roi des Rois
Vous faire encourir la colère ;
Car s'il faut croire le dit-on
Et tous les récits de la Fable,
Quand il s'y met il n'est pas bon,
Bien qu'amateur du sexe aimable.
Promettez-moi donc seulement
D'être exacte dorénavant.

Octobre 1847.
En vue de l'île Bourbon.

LE DIABLE QUI BAT SA FEMME.

Allons! le Diable est en colère :
Comme un brutal, en vérité,
Il bat son épouse Astarté,
Et nous, pauvres humains, sur terre
Nous pâtissons de ce courroux ;
Car tandis que pleuvent les coups
Sur la Diablesse ménagère,
L'eau du ciel tombant par torrents
Inonde ma rue solitaire.

Au diable soit le vilain temps!
Le blond Phœbus hier encore
Resplendissait au firmament,
Pendant que la charmante Flore,
Sous son rayon vivifiant,
Semblait s'épanouir heureuse ;
Aujourd'hui revêtu de deuil,
Semblable à la triste pleureuse

Qui jadis suivait un cercueil,
Soudain il a voilé sa face
Et répandu sur la surface
De la commerçante cité
Une ténébreuse clarté.

En me voyant dans ma chambrette,
Près du feu, tranquille, à l'abri,
De l'averse d'abord j'ai ri.
Bientôt ma pensée inquiète
Reporta ma vue au dehors :
Et, triste, je plaignis alors
Le marin qui sur son navire
Faisait le quart avec ce temps,
Et le laboureur qui soupire,
L'œil morne, contemplant ses champs
Du seuil de sa pauvre chaumière,
Et le pédestre voyageur,
Qui, dans un chemin tout ornière,
Forcé d'aller avec lenteur,
Maudit la route, le voyage,
Et cherche, le sac sur le dos,

Grelottant, trempé jusqu'aux os,
Un asile pendant l'orage.

Mais, patience! tout finit.
Le ciel par degrés s'éclaircit.
Voici que dégageant sa tête,
De ses rayons Phœbus s'apprête
A sécher le sol inondé ;
Et le Diable raccommodé
Avec son aigre ménagère,
Pour achever de l'apaiser,
Cimente par un gros baiser
Une paix sans doute éphémère.

Marseille, 20 mars 1847.

ANTIENNE A MA PIPE.

Ma pipe chère,
Lorsque j'éclaire
Tes humbles feux,
Je suis joyeux.

Fillette sage,
Au doux visage,
Au minois frais,
A plus d'attraits;
Mais plus fidèle
Que notre belle,
Au riche, au gueux,
Au malheureux,
A l'homme en blouse,
Sur la pelouse,
Sur le gazon,
A la maison,
Au bois, en ville,
Partout utile,
A tes amans,
En tous les temps,
Tu plais, ma chère,
Et sur la terre,
Avec honneur,
Par ta douceur,
Règnes chez l'homme.
On te renomme,

On te chérit,
On te sourit,
Et seule on t'aime
Oh! *pour toi-même.*

Esprit ailé,
Demi-voilé
Mon œil tranquille
Te suit docile,
La nuit, le jour,
Au beau séjour
Des heureux songes,
Riants mensonges,
Lorsque dans l'air
Monte et se perd
Blanche fumée
Inanimée,
Qu'avec lenteur,
Avec bonheur,
Ma bouche exhale.

. . . .

Trois fois Allah!
Gloire! hosannah!

28 août 1848

A MA MUSE.

Muse aimable, dès mon enfance
Attachée à mon existence
Et qui m'inspiras tant de fois,
Que d'heureux instants je te dois!
Mon cœur exempt d'ingratitude,
Glorieux et reconnaissant
De ta tendre sollicitude,
Veut, sous ton charme tout-puissant,
Dicter à ma plume légère
Les vers que je t'offre en ce jour.
Chaste vierge que je révère,
D'un idéal et pur amour
C'est le modeste témoignage.
Daigne accepter cet humble hommage

Tu m'apparus (j'avais treize ans),
Sur les bancs poudreux du collége,
Simple, riante et sans cortége.
Aussitôt livres et pédants,
A l'aspect de ton doux visage,
Me semblèrent dans un nuage
Disparaître loin de mes yeux.
L'enfant, d'un regard curieux,
Cependant t'observe en silence,
Ému, surpris en ta présence.
Il voyait un souris malin
Errer sur ta lèvre charmante.
Tu t'approches; ta belle main
Guide la sienne encor tremblante.
Tout fier de ses premiers essais,
Vite il lit ses vers imparfaits,
Et, dans sa naïve allégresse,
Il les relit, saute, s'empresse
Et veut t'embrasser........ mais hélas!
C'est en vain qu'il étend ses bras:
Tu t'évanouis comme un rêve.

Depuis lors tu revins souvent
Visiter ton docile élève,
De l'Étude adepte fervent,
Qui, sous sa tutelle sévère,
Fit chaque jour progrès nouveaux,
Sans rechercher de vains bravos
Ni la louange mensongère.

Notre écolier, un beau matin,
Quitta les bancs, se fit marin.
Tantôt grave, tantôt joyeuse,
Dans cette vie aventureuse,
Muse, tu le suivis toujours,
En tout temps partageas ses peines
Et poétisas ses amours.

Que m'importent les basses haines,
La misère, le noir chagrin,
Les dénigrements de l'envie,
Toutes les douleurs de la vie,
Muse, si tu me tends la main;
Si, telle qu'une tendre mère
Attentive auprès de son fils,

Tu me consoles et me dis :
« Courage, ô mon enfant, espère ; »
Si tu verses, dans le malheur,
Sur les blessures de mon cœur
Un baume doux et salutaire !

Au bout d'une active carrière,
Si, pour prix de constants efforts,
Je peux au sommet du Parnasse
Trouver une modeste place,
Muse, tu me verras alors
Goûter une plus noble gloire
Que celle que dans la victoire,
Sur des débris encor fumants,
Moissonnent les fiers conquérants.

26 novembre 1847.
Dans l'Océan atlantique.

FIN

TABLE DES MATIÈRES.

PAGES.

La Mer.. 3
Ma Muse en Mer.. 5
L'Océan.. 8
La Mer.. 12
Les Flots ou l'Image de la vie.. 14
Les fureurs de la Mer.. 17
L'Étoile filante.. 19
Le Quart.. 22
La Tempête ou le Chant du Marin.. 25
Le départ du Marin.. 28
Le Cap de Bonne Esperance.. 30
Sainte Hélène ou Napoléon.. 33

Le Baptême de la Ligne.. 37

Chansons.. 61
Le Refrain du Marin.. 63
La vie du Matelot.. 67
La Delivrance ou le Congé.. 69
Eurus ou le Vent debout.. 72
Sire *Face-blême*.. 77
Le Bidon cassé.. 80
Wistiti ou le Singe malfaisant.. 84

Poésies diverses.. 87
Rêveries d'un Marin.. 89
L'Illusion.. 91

PAGES.
Le Souvenir.......... 93
Le Captif.......... 94
La Mort d'un homme de bien.......... 101
Le Rêve et la réalité.......... 102
Le Peloton.......... 105
Un Poste d'aspirants.......... 106
Discours d'un Marin de quart à la Lune.......... 108
Le Diable qui bat sa femme.......... 110
Antienne à ma Pipe.......... 112
A ma Muse.......... 115

FIN DE LA TABLE.

ERRATA.

Page 11, lignes 16 et 17 *lisez* ·

Jusqu'au sommet des cieux, divine région,
Où trône l'Eternel, entouré de ses anges
Qui dans leurs saints concerts célèbrent ses louanges,
Et, durant un instant ineffable, pieux,

Page 18, ligne 5, *au lieu de* pareille, *lisez* pareil.
Page 21, ligne 6, *au lieu de* zéphyre, *lisez* zéphir.
Page 30, ligne 8, *au lieu de* presse, *lisez* serre.
Page 53, lignes 16, 17 et 18, *lisez*.

Cependant arrivent derrière
Le vieux Bonhomme et ses consorts.
Lu des divers états-majors

Page 84, lignes 8 et 9, *lisez :*

D'une espèce tres-rare,
Et que, s'il n'eût tenu qu'à moi,

Page 89, ligne 7, *au lieu de* rémemorer, *lisez* remémorer.

Marseille. — Typ. et Lith. Barlatier-Feissat et Demonchy.

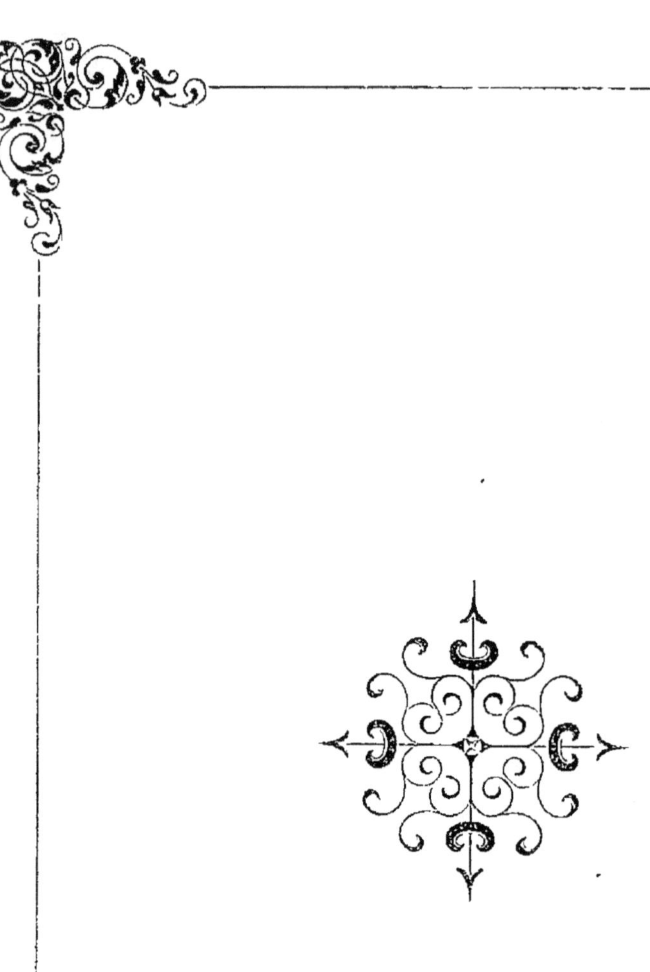

Marseille — Typ. et Lith. Barlatier-Feissat et Demonchy, place Royale, 7 A.

www.ingramcontent.com/pod-product-compliance
Lightning Source LLC
LaVergne TN
LVHW010613110826
845149LV00003B/888

* 9 7 8 2 0 1 1 3 3 0 4 6 8 *